길모퉁이
에서

묵묵하게

박은미 에세이

길모퉁이
에서

묵묵하게

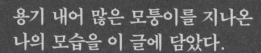

**용기 내어 많은 모퉁이를 지나온
나의 모습을 이 글에 담았다.**

바른북스

어떤 일들이 펼쳐질지 모르겠지만 그 속에서 또 깨달아 가면서
오늘 이후를 묵묵하게 살아갈 것이다.

길모퉁이는 길이 구부러지는 곳, 길이 꺾어 돌아가는 곳이다.

길을 가다 모퉁이를 만나면,
벽을 보며 모퉁이 끝에 서있거나, 그대로 길을 따라 꺾어 걸어가거나 아니면 모퉁이에서 오던 길을 되돌아 나가는, 세 가지 모습이 있을 텐데 나는 세 가지 중 모퉁이에 서있는 모습 같았다.

벽을 보며 앞으로 나아가길 두려워할 때가 있었고 어느 날은 담벼락이 있는 길모퉁이에 멈춰서, 하늘만 바라보며 아무것도 하고 싶지 않을 때가 있었다.

나의 모퉁이에 서서 문제들을 피하고 싶었고, 그렇게 시간을 흘려보냈다.

길을 계속 걸어가면 됐었는데 꺾어 돌아가는 길에 무엇이 나올지 몰라서 두려웠고, 다시 돌아가려니 부끄러웠다. 그냥 멈춰 있는 게 마음이 편했다.

이제는 용기 내어 많은 모퉁이를 지나온 나의 모습 이 글에 담았다.

차 례

PROLOGUE

나는 당신이 그리워서
글을 씁니다

나에게 있어서 당신은 그리움인지도 모를 그리움이었고 헤어짐이었는지도 모를 헤어짐이었습니다.

시작은 여름이었지만 우리의 마지막이 여름이었을지 겨울이었을지 모르겠습니다.

당신이 내 곁에 있던 시간 동안 우리는 눈을 마주치고 얼굴을 바라보고 있었을 텐데 당신의 얼굴도 목소리도,

그 무엇 하나도 기억하지 못합니다.

나는 그저 당신이 그리워서 이 글을 씁니다.
떠났다고 생각했을 땐 원망스러웠고 헤어짐이라고 생
각하고 나니 당신이 그리워졌고 우리의 이별이 준비하
지 못한 채 일어난 일이라고 생각하니 당신이 보고 싶
어졌습니다.

우리가 안부라도 나눌 수 있는 사이가 되었다면 어땠을
까요? 소식이라도 들을 수 있는 사이였다면 나는 그리
움을 물감 삼아 당신을 그리지 않아도 되었을까요?

마지막이 언제였는지 모르는 이 이별을 당신에 대한 그
리움으로 가득 채우고 나면 헤어짐인지도 몰랐던 우리
의 이별이 없던 일이 되지 않을까요?

생각하며 오늘도 마음속을 그리움으로 채워갑니다.
나는 당신을 그리워하며 이 글을 씁니다.

내가 그리워하는 당신은 나를 기억하지 못한다는 걸 알고 있습니다. 그러니 내가 당신 대신 이뤄지지 못한 우리 사이를 그리워하겠습니다.

부디 건강하세요.

당신은 나에게
겨울입니다

봄이 와도

여름이 와도

가을이 와도

당신은 나에게 추운 겨울입니다.

따뜻함을 주지 못했던 당신도

따뜻함을 받지 못하던 사람이라는 것을

이해하기까지,

많은 시간이 걸렸습니다.

허공을 향해 웃으며 이야기하면서
힘들다, 외롭다 말하지 않아도
힘없이 축 처진 눈썹 끝자락이
평생을 추운 겨울 속에서 지낸 사람이라는 걸
말해주는 것 같았습니다.

당신의 인생이
후회의 선택지로 채워져 있는 걸 알고 있습니다.

배우지 못한 배움이 후회였고
표현하지 못한 사랑이 후회였고
책임지지 못한 자식이 후회였던 인생에,
제일 큰 후회로 남는 선택은

당신도 아버지를 미워했기 때문이 아닐까요?
당신에게 모질었고 무심했던 아버지가 떠나고

그를 이해했기에

당신도 홀로, 후회라는 겨울을 걷고 있는 거겠지요.

누구에게도 채울 수 없는 외로움을 준

당신은 나에게 추운 겨울입니다.

그리움과 외로움이 만나
내가 되었다 -1

나는 삶이 감당할 수 없어서 피해 왔다.

아직 끝나지 않는 내 인생에서 내가 무엇을 말할 수 있을까라는 생각에 빠져 살아 봤지만 아무리 생각해도 시작도 끝도 내가 정할 수 있는 게 아니었다.

다만 나의 시작은 불쌍한 아이였으니 나의 끝은 불쌍한 노인이 되지 않길 바랄 뿐이다.

어릴 때 나의 모습은 주황색 뿔테를 끼고 바짝 마른 몸

에 큰 코를 가진 여자아이였고 가족에게 불쌍한 막내
였다.

어린 시절에는 이 단어를 크게 생각하지 못했었는데 성
인이 되어 옛 생각을 곱씹다가 생각해 보니 나는 정말
최악의 단어로 집안에서 평가되고 있었다.

'불쌍하다: 처지가 안되고 애처롭다(국어사전)'

나를 제일 불쌍하다는 말을 제일 많이 하신 건 할머니
였다.

우리 할머니는 나 이전에 부모 없는 자식을 셋이나 기
르시고 더 이상 본인의 자식들 중에서는 이런 일이 없
다고 생각하셨을 텐데
그런 예상을 깨고 내가 나타났다.

"아휴, 쟈는 돌이 되기도 전에 지 어매가 젖도 제대로 물리지 않아가 살이 안 쪄."

"을매나, 독한 년이가 그 어린애를 두고 집 나간 게~."

저런 대화의 주제는 항상 나였고 우리 가족이 다니던 교회와 내가 살던 동네에서 나는 독한 엄마가 버린 불쌍한 아이였다.

그리움과 외로움이 만나
내가 되었다 -2

다행스럽게도 나는 부모를 여의진 않았지만 친모는 돌아가신 게 아니고 도망가신 거였고, 부친은 형이 남긴 셋의 자녀와 오빠와 나를 부양하기 위해 전국으로 다니는 화물 운전사의 일을 하셨다.

아버지는 집에서 우리 둘을 돌보기가 힘들어져서 오빠는 고모에게 맡겼고 나는 할머니에게 맡기셨다.

내가 있는 할머니 댁에는 아버지가 여름과 겨울 두 번 정도 오셔서 생활비와 나에게 선물만 남기시고 가셨는데 4~5살 때쯤 제일 기억에 남는 아버지의 선물은 알아보기도 힘든 글씨체로 쓰인 크리스마스 카드였다.

짧은 한 줄로 '사랑한다 은미야.'라고 쓰여 있었는데 알아보는 데 한참 걸렸다.
그때 나는 우리 아버지가 '학문과 거리가 먼'이라고 느낄 수 있었다.

그리고 기억에도 없는 우리 친모는 독한 여자였다.
우리 엄마가 독한 여자라서 그런지 내 인생도 독하게 참을 일들이 많이 있었다.

날씨가 참 좋은 날이었다. 한여름이었는데 햇빛이 구름에 가려져서 너무 뜨겁지도 않고 선선한 바람이 부는 그런 여름 날씨였다.

우리 집은 빌라였는데 입구가 서로 마주 보고 있는 단지들이 8개가 있었다.

단지 사이에서 친구들과 공놀이를 하고 있었는데 공이 맞은편 단지의 지하 1층으로 또로로록… 굴러갔다.

친구들이 공을 주우러 가는 걸 다들 귀찮아 보여서 내가 갔을까? 나는 후다닥 뛰어가서 그 공을 찾으러 갔다.

단지 지하 1층도 사람이 사는 곳이었다.
그날따라 현관문이 활짝 열려 있었고 거기 사시던 할아버지는 집 안에서 그 공을 들고 계셨고 나는 공을 받기 위해서는 집으로 들어가야 했다.

내가 한참을 나오지 않아서 아이들이 나를 찾으러 왔고 다행스럽게도 험난한 일을 당하지는 않았지만 날 더듬던 손은 너무 소름 끼쳤다.

나는 그날 있던 이야기를 어른들에게 하지 못했고 아직
도 하지 않았다.

그냥 독하게 참아냈다.

그리움과 외로움이 만나
내가 되었다 -3

이날은 명절이었다.

온 가족들이 모이고 어른들의 친구분들도 오셨다.

우리 집은 101호였고 친척 집은 201호였다.

언니 오빠들은 1, 2층을 왔다 갔다 하면서 뛰어놀고 있었고, 나는 2층에서 친척 집에서 어른들 고스톱 치는 걸 구경하고 있었다.

한참 구경 중이었는데 우리 집에 초대받아 오셨던 한 아저씨가 나를 본인 무릎에 앉히시더니 내 볼에 뽀뽀를 하시고 입맞춤까지 하셨다.

그리고 더 진한 뽀뽀를 시도하셨는데 순간, 그 무언가를 피하기 위해 나의 입술을 안으로 말아 넣고 입을 꽉 다물었고 온 힘으로 그 아저씨를 발로 차서 벗어났다.

당황스러움에 그 방에 도망 나와 거실에서 어른들을 바라고 있었는데 어른들은 계속 고스톱 치느라 나에게 관심이 없었다.

그때 아저씨는 자연스럽게 어른들 틈으로 들어가서 명절을 즐기셨고 나는 그 상황을 정리하지 못했다. 내가 있으나, 없으나 즐거운 어른들을 보니 다가가서 우는 게 더 겁이 났다.

어린 시절 겪은 이 두 가지 일은 부모님에 대한 원망, 남자에 대한 불신이라는 감정보다 나에게 아무도 다가

와 주지 않는 외로움을 알게 했다.

이 외로움이란 감정은 말로 표현할 수 없는 마음의 통증이었고 벗어나고 싶다고 해서 사람들에게 다가가도 소외될 수 있다는 상실감의 감정을 알게 했다.

그날 이후 나는 스스로를 불쌍한 아이라고 인정하며 나에게 꼬리표를 묶어 주었다. 아주 단단하게.

시간이 흘러 중학교 2학년 되었을 무렵 아버지는 희귀병 진단을 받으셨고 어머니 혼자 집안을 꾸려 나가시는 가장이 되셨다.

운이 좋게도 8차 교육과정으로 학비 없이 학교를 다닐 수 있었고 졸업 이후 나는 우리나라의 제일 큰 대기업에 취업했다.

집에서는 거리가 멀어서 기숙사 생활을 시작했는데 또

래 언니들도 있고 친구들도 있는 기숙사에서는 외로운 감정은 멀어질 것이라고 생각했지만 꾸미지 못하는 20살에게 자비로운 사람이 없었다.

수더분한 모습과 성격에 나보다 10살 이상 차이 나는 상사에게 인기는 좋았으나 일 끝나고 기숙사에선 항상 혼자였다. 퇴근하면 혼자 기숙사 식당에서 밥 먹는 게 익숙해지니, 외로움은 나랑 벗어날 수 없는 꼬리표라는 게 또 한 번 느껴지는 순간이었다.

그렇게 난 자연스럽게 내 또래와는 멀어졌고 버티고 버티다 1년 조금 지나서 나는 퇴사했다.

기숙사 생활하면서 제일 많이 든 생각 중에 하나는 '우리 친모는 어떻게 살고 있나?' 라는 생각이었다.
또래 친구들은 월급을 받으면 제일 먼저 엄마에게 전화를 걸어서 가방 살까? 옷 살까? 외모에 관심이 많으니 성형에 대해서 많은 대화를 나누던데 나는 나를 키워 주신 엄마를 어려워했고 일하시느라 항상 바쁘셨다.

나는 부러움에 사무쳐 스스로 위축되어 가다 보니 점점 사사로운 이야기를 나눌 사람이 없었고 어린 시절에도 안 하던 친모에 대한 생각을 조금씩 하기 시작했다.

그 당시 생각하다 보니 찾아보고 싶었지만 어디에 계신 지 알 수 없었고, 행방에 대해서 물어볼 사람은 유일하게 아버지뿐이었는데 친모에 대해서 이야기 꺼내봤자 묵묵부답일 테니 시도하지 않았다.

가족이 있지만 마음이 허전했다. 어디 한쪽으로도 기대고 싶었지만 내 마음이 기댈 수 있는 사람이 없었다.

그렇게 다른 쪽으로 기울어진 마음의 힘은 바닥에 조금씩 버려지고 있었다.

외로움에 몸서리치던
나의 연애는 엉망이었다

가족에게서 멀어진 마음이 기울어지기 시작한 때는 중
학생부터인 것 같다.
사춘기는 아니었지만 항상 마음이 공허했다.

그렇지만 이런 나의 인생에서 매일 슬픈 날만 있었던
건 아니었다.
나에게도 짝사랑이 있었고 설렘이라는 감정을 처음 느
껴봤고 관심받고 싶다는 생각을 하다 보니 살아 있는

기분을 느꼈다.

처음으로 좋아했던 사람은 교회 오빠였는데 중학교 2
학년 때 고백했다가 차였다.

이끌어가던 찬양단에 여자친구가 있었다는 이유였다.

혼자 좋아하던 시간이 꽤 길었기에 거절당하고 난 이후
상실감에 휩싸였다.

고백한 날 이후부터 사이가 서먹해지고 사람들이 나를
대하는 어색함에 눈치 볼 거라고는 예상하지 못했다.
정말 생각하지도 못했던 불편함들이 나를 힘들게 했다.

고백하기 전까지만 해도 매주 일요일이 오길 기다렸는
데, 인사 한 번 하기 위해서 예배 끝나고 친구들과 옹기
종기 모여 있었고, 찬양단 연습이 있는 날에는 친구들
과 함께 몰래 구경 다니며 즐거워했는데.

나의 고백으로, 이 설레는 순간들이 사라져 버렸다.
그리고 나는 주변에서 놀림감이 되어 버렸다.

이후로 누군가에게 진심을 말하기 전에 참 많은 생각을
하게 됐다.

두 번째는 고등학교 1학년 때이다.

같은 반 친구에게 근처 잘나가는 남학교에 인기 만점
동갑 남자애를 소개받았었다.

'나는 외모에 자신이 없는데 이런 남자애를 만나도 될
까??'는 생각이 가득한 채로 소개를 받았었다.
말 그대로 나에게 과분한 아이였다.

연락처를 주고받고 문자로 연락하면서 주말에 만나기
로 했는데, 너무 떨렸었다!
옷도 없는데 무슨 옷을 입어야 할지, 데이트에 돈이 많이 쓰이는 건 아닌지 이런저런 생각과 고민의 일주일이 지나고 첫 데이트를 하는 날이었다.

빙수집에 서로 마주 보면서 이야기를 하고 있었는네 그 아이가 나에게 점점 다가오더니 내 두 손을 꼬~옥 잡았다. 그리고 부탁할 게 있다며 눈을 지긋이 바라보았다.

그 순간 나는 심장이 너무너무 빨리 뛰었고, 생각했다.

'첫 데이트에 사귀자고 하려나???'

'오… 나는 못생긴 게 아니고 애들 말처럼 매력이 넘치고 귀여운 건가?' 하며 나에게 용기가 생기는 순간, 그 남자애가 말했다.

"나 지선이 좋아해."

"?????지선이??"

외로움에 몸서리치던 나의 연애는 엉망이었다

"나, 지선이를 더 질투 나게 하고 싶어서 너를 소개받은 거야, 나 좀 도와줘."

기대심에 잠깐이라도 뜨거워졌던 마음과 얼음만큼 차가워지는 정신이 만나 깊은 수증기가 되어 끝없는 한숨을 만들어 냈다.

"……하… 아…후."

이 남자애를 생각하며 설렌 일주일이 허무해지는 순간이었다.

그래도… 나는 둘의 징검다리가 되어서 잘 도와줬고 지선이랑 그 남자애는 잘 사귀다가 100일 넘기고 헤어졌다.

얼마 지나지 않아, 나는 다른 학교의 부회장의 직책을 가진 남학생을 소개받았는데, 서로의 일정 때문에 스치

듯 지나간 인연이 되었지만 짧은 시간 동안 나에게 친절했고 다정했다.

그리고 생각했다 '남자친구 만들기 참 힘들다.'

시간이 흘러 고등학교 3학년이 되었다.
소개팅도 고등학교 1학년 때 이후로는 전혀 없었고 3년 동안 나는 친구들과 함께 참 많이 돌아다녔지만 그 흔한 번호 한번 물어보는 사람이 없었다.

그래서 또 생각했다. '나는 못생긴 게 확실해.'

다행스럽게도 고등학교 졸업하기 전에 남자친구가 생겼다.
첫 남자친구는 고3 졸업을 준비하는 가을쯤에 같은 동아리 친구가 소개해 주었고 맞은편 학교 다니던 친구였다.

그 친구도 나처럼 외로움이 많은 아이라서 대화가 잘 통했었고 방과 후 학교 운동장에 앉아서 해가 질 때까지 이야기를 했었다.
배고프면 분식집에서 작은 컵 떡볶이를 사서 나눠 먹었었고 바람이 매섭지 않은 날에는 한없이 걸었었다.

주고받고가 당연하지 않고 그저 만나서 이야기하면 즐거웠고 순수했던 연애였고 사귄 지 두세 달쯤 지났을 때는 서로의 졸업을 축하해 주었고 각자 취업을 했다.

학창 시절 이 친구와 나는 서로를 응원해 주고 앞으로 꿈에 대해서 많은 이야기를 나누며 지냈기에 이별을 생각해 보지 않았다.
그렇지만 서로가 낯선 곳에 정착하고 다른 시간 속에 지내다 보니 자연스럽게 연락 횟수나 만나는 날이 줄어들었고 그렇게 헤어졌다.

나는 더 외로워져 갔고 대기업을 그만두었다.

직장을 나와 친척 언니가 소개해 준 새로운 직장에서
일을 다니게 되었고 2년 뒤에 새로운 연애를 시작했다.

5살 차이 나는 연상과 사귀게 되었고 그 남자와 5년을
만났다.

나이 불문하고 사랑하는 사람의 모습은 아이 같다고 하
는데 내 기억에 이 연애는 어설프게 피우고 남은 담배
꽁초들이 축축하게 모여 누린내가 진동하는 재떨이 같
았고. 바람이라는 악취만 남아 있었다.

헤어지고 나니, 내 나이는 20대 후반이 되어 있었고 차
디찬 바람으로 긴 연애가 끝났다.
구리고 구렸던 연애였지만 내 삶에서 한 사람이 빠져나
가니 외로웠고 쓸쓸했다.
모든 게 내 탓이라며 스스로를 타박하며 지낼 때 그 남
자가 양다리였던 사실을 알았다.

외로움에 몸서리치던 나의 연애는 엉망이었다

가장 소중했던 나의 20대 시간이 너무 억울했고 그 순간 모든 게 멈춘 것 같았다.

어린 시절 겪은 일보다 더 소름 끼치고, 사는 게 싫었다.

한 달 남짓을 퇴근 후 술만 마셨고 취하고 집 가는 버스를 타고 세 정류장 전에 내려서 슬픈 노래를 들으면서 집까지 걸어가면서 펑펑 울면서 걸어갔다.

그 남자가 그리워서 운 게 아니라 누구에게도 사랑과 관심을 받지 못하는 내가 너무 안쓰럽고 불쌍해서 울었다.

며칠, 몇 주를 일 끝나면 직장 동료들과 술을 마셨고 취한 날 밤이면, 버스에서 내려 울면서 집까지 걸어갔다. 추운 바람 맞으며 볼과 코가 빨개지게 걸어 다녔는데 순간 평소와는 다른 바람을 느꼈다.
날이 점점 풀리고 있었고, 집 나간 정신이 돌아오기 시작했다.

이렇게 살면 안 되겠다 싶어서 퇴근 후 밤부터 새벽까지 맥줏집에서 아르바이트를 했다. 몸을 혹사시키니 조금은 살만해졌고 그렇게 시간이 지나고 있었다.

가을쯤 이별해서 겨울이 찾아왔고 정신을 차리니 봄에서 여름이 찾아왔다.
어느덧 1년이 지났고 난 전혀 풀리지 않는 스스로의 질문 속에서 살고 있었다.

나의 연애는 왜 이렇게 엉망일까?

열심히 살다 보니 다시 겨울이 찾아왔다.
헤어진 지 1년이 된 너무 추운 겨울밤이었다.

오랜만에 술에 취해서 걸으면서 연애에 대한 생각에 잠겼을 때 지난 연애를 곱씹으면서 어린 시절까지 생각했다.

외로움에 몸서리치던 나의 연애는 엉망이었다

'가족에게 사랑을 받고 관심을 받고 자랐다면 나에게
상처 주는 연애에 목매지 않았을 텐데, 불쌍해 보인다
는 말에 스스로 갇혀 남이 주는 불편과 상처를 참아내
지 않아도 됐을 텐데, 나를 힘들게 하고 아프게 하는 사
람은 매몰차게 끊어내도 됐을 텐데, 그렇게 해도 내 편
이 더 많다는 믿음이 있었을 텐데……'

어린 시절 어디에 기댈지 몰랐던 마음이 제멋대로 쓰러
졌고, 쓰러져 바닥에 흘러간 마음의 힘이 나를 지켜낼
용기였을까? 나를 표현할 자신감이었을까? 아니면 가족
에게 표현할 사랑이었을까? 잘은 모르겠지만 버려진 마
음의 힘을 다시 채우는 일은 어디에서 배울 수 있고 누
가 알려줄 수 있는 일이 아니기에 겁이 났고 무서웠다.
차라리 다시 태어나서 새롭게 시작하고 싶었다.
혼자 끙끙 앓고 있는 내가 싫었고 매번 후회만 하는 내
인생이 춥게만 느껴졌다.

그리움은 멀리 있고
외로움은 가까이 있다

마음 시린 이별을 하고 나서 생각한 어린 시절의 마음
의 힘은 나를 낳아 주신 엄마를 얼마나 닮았을까?라는
생각까지 하게 만들었고 생각의 그리움을 느끼게 했다.

기억의 회로를 찾아서 과거를 회상하던 중 나를 낳아
주신 친모에 대한 기억 하나가 떠올랐다.

그때는 내가 중학교 입학하기 전 봄방학이었던 것 같다.

아버지는 잠깐 갈 곳이 있다면서 나가자고 하셨고 차를
타고 한두 시간 정도 달리고 있었다.
밖에는 비가 내리기 시작했고 동시에 아버지의 전화벨
도 울리기 시작했다.

"여보세요~. 네네 지금 집 앞에 다 왔는데… 네? 무슨
말씀이세요. 잠깐이라도 나와 보라고 하세요! 은미가 곧
중학생 됩니다, 얼굴 한 번은 비춰줄 수 있잖아요! 나오
기 힘들면 우리가 들어가겠습니다… 네? 여보세요???"

(뚜뚜뚜)

"아버지 무슨 일이에요?"

"네 엄마가 정신 또 나갔나 보다. 네가 보고 싶다고 처
음 연락이 와서 온 건데……."

"……네……."

"정신이 오락가락하고 고약한 여자였는데, 너한테까지
도 고약하네……."

라며…… 말끝을 흐리셨다. 이내 멍하게 비 내리는 창
을 바라보는 아버지 눈에 공허함이 가득해서 더 이상
아무것도 물어보지 못했다.

아버지는 나에게 솔직하게 모든 걸 알려 주지 않으셨
고, 차를 돌려 집에 도착할 때까지도 계속 침묵하셨다.

나는 아버지에게 다가갈수록 더 외로워졌고 얼굴도 모
르는 친모를 향한 그리움이 배신감으로 바뀌었고 그렇
게 친모에 대한 마음은 더 멀어져 갔다.

나는 내 기억 속에서 이 일을 지우려고 했던 거였는데
퀴퀴한 이별 이후 생각나 버렸다.

상처로 시작한 나의 기억의 여행은 아픔, 상처, 외로움

의 감정들만 가득했지만 그래도 나는 내 삶에 작은 기
대가 있었다.

'죽기 전에 꼭 사랑해 보기.'

사랑 때문에 힘들었지만 사랑받는 기분을 잊을 수가 없
었다.

나 자신을 사랑하기 힘들어서 누군가에게 기대는 모습
이 좋지 못하다고 해도 나는 나의 마음 힘을 같이 채워
줄 사람이 필요했다.

안쓰러워서 미안한 마음에 주는 동정심 말고 위축된 모
습에 격려 삼아 해주는 칭찬 말고, 생각만으로도 심장
이 떨리고 살아 있는 기분을 느꼈을 때처럼 조건으로
가득한 사랑이 아니라 존재만으로도 벅차오르는 그런
사랑을 하고 싶었다.

학창 시절 돈이 없어도 이야기만으로도 행복했던 그때
처럼 생각하면 당장에라도 뛰어가서 보고 싶고 목소리

만 들어도 웃음이 나오고 함께 맛있는 음식을 먹고 좋은 노래를 나누고 눈을 마주치고 있으면 심장이 터질 것 같은 그런 사랑이 너무 하고 싶었다.

간절한 소원이 생기고 나의 상처가 무뎌지고 용기가 조금 채워졌을 때 나의 사랑의 한 조각이 찾아왔다.

그리움과 외로움을
품을 수 있는 마음은 사랑에서부터

바다에 빠졌을 때 파도 위를 일어나 본 적은 없으니 그런 느낌은 잘 모르지만 그를 만났을 때 기분은 물에 빠져 있던 내가 서서히 편하게 바다를 빠져나오는 기분이었던 것 같다.

좋은 기회로 한 의류 브랜드의 한 해를 마감하는 행사에 초대를 받아 참석을 했었고 내가 일하던 브랜드는 아니었지만, 나로 인해 그곳이 누추해 보이면 안 되니

나름 힘 좀 주고 갔다.

초대해 주신 분 민망하지 않게 가자는 마음이었는데 생각보다 좀 많이 화려했다.

안 입던 하얀색의 하늘하늘한 소재의 튜브톱 점프슈트에 신발은 베이지 색상의 높은 구두를 신었고 추운 겨울이라 아우터는 베이지색 상의 무스탕을 매치했다.
난 주최자인 것처럼 행사장에 '등장'했다.

들어가는 동시에 생각보다 파티장이 좁아 부끄러웠다.

행사가 진행되었고 나는 진행자가 민망하지 않게 게임에 적극적으로 참여했고 행사를 즐겼고 마지막 공연으로 유명한 랩 그룹이 등장했다.

너무 오랜만에 본 그룹이었다.
학생 때 듣던 그 노래를 불러 주니 너무 신나서 방방 뛰었고 나는 휘청하면서 중심을 못 잡고 있을 때 그들의 노래는 클라이맥스로 향하고 있었기에 주변 사람에게 밀려 나는 넘어지기 일보 직전이었다.

넘어지려고 하는 그 순간 누군가 내 어깨를 잡아 주었고, 무대는 절정에 맞춰 라이트 켜졌다.
민망하고 부끄럽게도 나를 잡아 준 남자와 눈인사를 하게 되었고 라이트가 켜진 순간 마주친 그의 눈동자는 너무 예쁜 갈색이었다.

난 첫눈에 반했다.

공연이 끝나고 나를 잡아 준 그 남자가 궁금해서 주변을 둘러보니 많은 분들과 함께 있었고 소심해져서 다가갈 용기가 사라졌다.

머릿속으로 어떤 사람일까?
상상만 하다가 시간이 늦어서 집에 가려던 순간, 아쉬

움이 남아 입구에서 무대를 바라봤는데 많은 사람들이 춤을 추고 있었고 나를 잡아 준 남자도 신나게 춤을 추고 있었다.

고개를 돌려 입구를 나오려고 하는데 그와 함께 춤을 추던 일행이 그의 상의를 살짝 올렸다.
짧은 순간이지만 두꺼운 옷 안에 숨겨둔 복근을 봤고 나는 첫눈에 반한 게 확실했다.

다음 날 피곤함을 이끌고 출근했다.

난 계속 "흐음……." 이 앓는 소리만 내다가 아 안 되겠다 그 남자를 찾아보자 하는 마음으로 인스타그램에 #(브랜드 이름)을 검색해서 최근 게시물을 보기로 사진을 탐색 중 마침내 그가 나온 게시물을 찾았고! 그의 인스타그램 아이디를 알아냈다.

알아냈지만 두 번째 고민이 시작됐다.

'아……뭐라고 보내지?…….'

나는 다이렉트 메시지로 무조건 연락을 할 거였다.
그 대신 내가 아무나에게 연락을 하는 사람이 아니라는
걸 첫 메시지에 어필할 수 있을까라는 생각에 빠져 있
었다.
무수한 생각 중에 그런 첫마디는 없다는 결론이 나왔고

"안녕하세요, 저 기억나시죠?"라고 보냈다.

너무 늦지 않게 답장이 왔고 대화를 이어 나갔다.

일주일 정도 연락했었는데 그 시간 동안 좀 티격태격
했다.
제일 기억에 남는 상황 하나는 추운 아침에 훈련을 하
러 간다고 해서 스타벅스 기프티콘을 보냈었는데 칠색
팔색하면서 아직 제대로 만나 보지도 않고 이런 거 왜
주냐고 하면서 난리를 쳐서 기프티콘을 취소했다.

사람이 선물을 했으면 고맙다고 받으면 될 일을 참 유
난이다 싶은 사람이었다.

기프티콘으로 의견 차이가 생기는 일이 생기니깐 '어차
피 나랑 안 맞는 사람이니깐 만나지 말까?' 라는 생각
을 했지만 오히려 긍정적인 부분이 더 많았다.

그와 연락하고 싶은 마음에 동료들과 술 약속도 만들지
않았고 퇴근하고 집에 일찍 들어갔다.

아침에는 일찍 일어나서 새벽 운동으로 공감대를 나눌
수 있었고 꾸준한 운동 덕분에 활기찬 하루를 보낼 수
있었다.

극심한 스트레스로 탈모까지 생기게 한 전 연애로 난
아직 우울한 바다에 떠있는 것 같았는데 이런 나를 물
장구라도 치게 만들어 준 이 남자가 너무 고마워서 꼭
이야기해 보고 싶었다.

10일 만에 우리는 다시 만났다.

다시 재회하는 그 날 나는 신발은 컨버스 하이를 신었고 바지는 검정 스키니와 티셔츠는 검정 목폴라에 베이지 조끼를 입고 오버 사이즈 롱 코트를 걸쳤다.

머리는 붙임 머리라서 허리까지 오는 긴 머리 웨이브였고 화장에는 소질이 없어서 연하게 하고 갔다.

다시 재회한 그 날 그는 운동화, 청바지, 베이지 패딩 이렇게 입고 나왔고 머리는 깔끔하게 포마드였다.

둘 다 평범했다.

그는 나에게 처음 행사장에서 봤을 때 옷과 화장이 과해서 조금 부담스럽고 강렬해서 걱정이었는데 오늘 다시 본 모습은 너무 청순하고 잘 어울린다고 했고 칭찬해 주었다.

나는 화려하게 꾸며야지 남들이 볼 때도 예뻐 보인다고

생각해서 일할 때도 항상 진한 화장에 화려한 액세서리
는 꼭 착용했었는데 수수한 모습에 칭찬을 받으니 기분
이 좋았지만 부끄러웠다.

평소에도 화려함은 자신감이었고 반대로 나의 수수한
모습에 자신이 없었고 사랑을 위해 열심히 연애를 했지
만 화장 안 한 내 모습이 예쁘다던 사람도 없었다.

나는 그와 처음 만난 이 날 그에게 들은 예쁜 말들과 배
려 넘치는 순수한 행동들이 앞으로의 우리와 나를 기대
하게 했다.

그가 해주는 예쁜 말들을 들으며 나는 생각했다.

'끝이 어딘지 모르는, 나의 우울한 바다를 힘들고 어렵
게 헤엄쳐서 빠져나오지 않아도 물기 하나 없이 바짝
마르게 해 줄 강렬한 태양이 내 옆에서 떠오르고 있다
고…….' 라고.

그리움과 외로움을 품을 수 있는 마음은 사랑에서부터

나의 축축한 그늘은
그대라는 태양으로 말라간다 -1

운명 같은 만남 이후 초반의 나의 적극적인 태도도 있었지만 우리는 차분하게 연애했다.

격렬하게 싸운 날들도 참 많았다.
우리는 좋을 때도 싸울 때도 반 이상은 대화였고 30년도 안 살았는데 100년을 산 것처럼 속 깊은 이야기를 나눴다.

3년 정도 사귄 해였을 때 나는 예비 신혼부부로 신청해서 집을 알아보던 중이었다.

서로 결혼에 대해서 생각이 있었고 집이 먼저 준비된다면 편안한 마음으로 예식을 준비할 수 있기에 간절한 마음으로 서류를 준비했다.

하나하나 제출할 내용을 점검 중에 가족관계증명서가 신경 쓰였다.

나는 그 증명서에서 아버지 성함 아래 있는 이름이 친모라는 걸 성인이 된 이후 알게 되었지만 주소를 알아볼 생각을 안 했었다.
그렇지만 앞으로 내가 결혼을 해서 엄마가 된다는 생각을 해보니 친모를 찾아보고 싶었다.

나는 주민센터에 들러서 몇 가지 증명서를 제출한 뒤 주소를 알아낼 수 있었고 다음 날 바로 친모를 만나러

갔다. 나의 친모의 집은 서울 근교 외곽 쪽이었고 도시
를 지나 살짝 촌 느낌의 동네였다.

계절은 봄에서 여름으로 지나는 때였고 해가 덥지 않게
떠있어서 기분 좋은 날이었다.

동네에 도착해 보니 멀리서 개 짖는 소리가 들리고 옆
에는 논이 있고 먼발치에 산도 보이니 소풍 온 기분이
들기도 했다.

주택 집이라서 이 집일까? 저 집일까? 기웃거리다 친모
의 집을 찾았다.
그 집 문 앞에 서서 '문을 두드릴까? 그냥 갈까?' 한참
을 고민했다.

밖에서 보니깐 집에 짐도 많고 얼핏 남자 신발도 살짝
보여서 '혹시 재혼하고 잘 살고 계시는데 찾아온 게 민
폐가 되면 어쩌지?'

하는 생각이 들었고 내가 벌써 31살이고 '친모는 내가 돌잔치 하기 전에 집을 나갔으니 우리는 30년 만에 재회인데 나를 알아볼까?' 싶은 생각에 용기도 안 나고 두려움이 커졌다.

그때 옆에서 남자친구가 어깨를 감싸 주었고 "괜찮아, 천천히 해."라며 진정시켜 주었고 문 앞에서 그저 발만 동동거리다가 5분 정도 지났을까? 난 크게 심호흡하고 문을 두드렸다.

'똑 똑 똑'

(정적)

'똑 똑 똑'

(정적)

"아무도 없나 봐. 그냥 가자."
"아니야 내가 두드려 볼게."
'쾅 쾅 쾅'

.

.

"누구세요!!!!"

안에서 들리는 목소리는 남자였고 '누구세요.'라는 질문에 '친모의 남편일까? 아들일까?' 하는 생각에 정말 온몸에 식은땀이 나고 대답할 수가 없었다.

도망가고 싶었다.

처음에 '누구세요.'라는 목소리가 집 안쪽에서 들리더니 점점 날카롭고 선명한 소리가 되어 문 앞쪽으로 가까워지고 있었다.

무섭게 내지르는 목소리를 듣고 나는 대답도 못 하고

몸이 덜덜덜 떨렸다.

이때 남자친구는 나를 가로막고 내 앞에서 친모의 이름을 부르면서 집에 계시냐고 소리쳤다.

문이 열리고 키가 작고 배가 볼록 나온 중년 남자가 나왔는데 남자친구 뒤에 있는 나를 한참을 뚫어지라 쳐다보다가 눈이 커지면서 말했다.

"혹시…… 너 은미니?"

나는 저 남자가 누구인지 모르겠지만 묘하게 나랑 눈 부분이 닮은 건 느낄 수 있었기에 "네."라고 대답했다.

그 남자는 신발도 신지 않고 그대로 나와서는

"나는 네 막냇삼촌이야. 나도 중학생 때라서 널 본 적은 없지만 큰누나를 많이 닮았네. 어~ 누나 얼굴이 있다!

누나한테 아들 하나 딸 하나 있었다는 건 들었어. 한 번
은 올 거라고 생각했는데, 반갑다. 오빠는? 오빠는 잘
지내고? 네 오빠는 내가 조금 기억은 나!"

나의 막냇삼촌이라는 이분은 많은 질문과 본인의 기억
을 쏟아내면서 날 반가워해 주셨고, 나도 막냇삼촌의
이야기에 차분히 대답해 드렸다.

어느 정도 안부에 대해서 정리가 될 때쯤 나는 엄마는
어떻게 지내시는지 여쭤봤다.

"아… 누나…… 누나가, 하~ 참 아파. 그래서 병원에 있어.
원래 오늘도 병문안 가는 날인데, 아버지가 치매가 심
해지셔서 집에 있게 됐는데, 마침 네가 왔네…….
너는 모르겠지만 네 할머니랑 고모들 시집살이가 보통
이 아니었대……. 그런 말 안 하지? 시집살이시켰다고?
항상 우리 누나만 나쁜 년이었어.
근데 그걸 풀 데가 있냐, 그때 핸드폰이 있는 것도 아니

고. 혼자 쌓아 놓고 살다 보니깐 속에 병이 왔지.

조현병이라고 아니? 갈수록 심해져서 약을 많이 쓰다 보니깐 이젠 사람도 못 알아봐. 네가 찾아가도 널 기억이나 할지 모르겠다.

너 한 살도 안 돼서 집 나온 거잖아? 네 오빠는 몰라도 너는 기억 못 하지……. 근데 왜 찾아올 생각을 한 거야??"

막냇삼촌 또 한차례 모든 이야기를 쏟아냈고 나는, 마지막 질문에 대답했다.

"앞으로 엄마가 될 생각을 하니 나를 낳아 주신 분을 보고 싶어서 찾아왔어요……."

나는 이 말을 끝으로 한참을 울었다.

나의 축축한 그늘은
그대라는 태양으로 말라간다 -2

이날 삼촌을 마당에서 맨발로 서서 그동안 혼자 끙끙
앓았던 사람처럼 모든 이야기를 쏟아냈다.

"은미 너한테는 외할머니지? 나도 우리 엄마한테 들은
이야기야. 그때 김장하는 날이었다고 그랬나?
그 시누이 셋에서는 아무것도 안 하고 앉아 있고 우리
누나만 계속 일을 하고 있었나 봐. 그래서 누나가 같이
좀 하자고 말을 했더니 시누이 셋 중 하나가 갑자기 소

리를 지르면서 언니나 똑바로 하라고 하면서 겁을 주
더래. 그러다가 네 할머니까지 들어와서 면박을 주니깐
누나가 뭐라고 할 수 있겠어… 참았어야지…….

네 아버지는 멀다 하고 운전 일하러 밖에 나가 있으니
집안일에 대해서는 관심이 하나도 없었고, 매일 누나가
밥하고 빨래하고 집안일은 혼자 다 하고 집에서 밖으로
바람 쐬러 한 번 나가기도 힘들었다고 그러더라.

참 우리 누나가, 진짜 밝은 사람이었는데…….

중학교 때 공부도 잘해서 반장도 하고, 말도 똑 부러지
게 하고, 할 이야기는 꼭 하는 성격이었어.

누나가 요리도 잘했고, 새로운 요리에 관심이 많았어~.
그 시절에 나한테 도넛도 만들어 주고 그랬다니깐?

근데 그런 누나가 시집살이하느라……. 시어머니에, 시
누이 셋. 여자 네 명 사이에서 주눅이 들어서 산 거야,
주눅이. 그러니 속병이 날 수밖에 없지…….”

나는 삼촌이 하는 이야기를 멍하게 듣기만 했다.

도대체 내가 무슨 얘기를 듣는 건지 생각이 정리가 되

지 않았고, 들었지만 믿을 수 없는 이야기들뿐이었다.

집에 돌아오니 여자로 살아온 친모가 불쌍해서 눈물이
났다.

"차라리 재혼해서 행복하게 잘 살지. 오빠랑 나랑 두고
갔으면, 행복한 인생을 살았어야지⋯⋯." 하며 또 한참
을 엉엉 울었다.

시간이 지나고 한밤중이 되었을 때 나는 남자친구에게
말했다. (참고로 남자친구는 경상도 사투리를 사용한다.)

"우리 결혼하지 말자⋯⋯."
⋯
"갑자기 와⋯⋯?"
⋯
"나 너무 무서워⋯⋯."
⋯

"차분~히 말해봐, 괜않다~."

…

"나… 내가… 하… 내가 낳은 내 자식을 사랑해 줄 수 있을까?

내가 부모의 사랑을 모르는데, 내가 사랑을 느끼게 해 줄 수 있을까?

난 오늘 엄마를 만나면, 나를 반겨 주는 모습을 상상했어. 미안했다고 하고 보고 싶었다고 하는 모습을 기대했어, 근데 거기 다녀와서, 후회되고 너한테 부끄러워, 이런 집안 사정 다 듣고, 이런 집안이랑 어떻게 결혼하라고 해? 나 너한테 미안해서 결혼 못 해……."

내 말을 곰곰이 듣고 있는 그는 나와 마주 앉아서, 눈을 마주치면서 한 손으로는 내 손을 잡아 주고 한 손으로는 내 머리카락을 쓱쓱 쓸어 넘겨 주면서 말했다.

"은미야, 괜않다~. 아~무 문제없다~. 진짜다.
하나만 묻자, 대답해 줄 수 있나?"

…

"…뭐…?"

…

"니 내 사랑하나?"

…

"……응, 많이 사랑해……."

…

"그럼 됐다! 오늘 있던 일은 은미가 잘못한 게 하나도 없고, 내가 너네 집 보고 결혼하는 것도 아니고, 우리 서로 사랑해서 만나는 거 아이가?
나는 니가 중요하다, 다른 건 아~무 문제없다. 그리고 은미는 엄마 닮은 거 맞다.
말도 잘하고 똑 부러지고, 글도 잘 쓰고, 요리도 잘하고 나쁜 점은 하~나도 안 닮고 좋은 점만 쏙 닮았어!"

이 말을 들은 나는 또 펑펑 울기만 했고 그는 나를 한참을 안아 주었다.
한 손으로는 나를 꼭 껴안아 주고 한 손으로는 머리카

락을 쓱쓱 쓸어 주면서 말이다.

그는 나를 불쌍하게 여기지 않았고, 나를 책임이라는
무게로 느끼지도 않았다.
내가 느끼는 부정적인 감정을 희석하려 하지 않았고,
가르치려 하지 않았다.
허무하게 상처받고 두려워하는 그 모습의 나를 위로해
주었다.

이날 나는 그를 통해 '사랑받는다'라는 느낌을 알았다.

그리고 예전에 흘려보낸 감정들을 다시 채울 힘이 생겨
나고 있었다.

조각의 기억들

그의 위로로 나는 정말 괜찮아지고 있었다.
하지만 편안한 마음 뒤로, 진실을 알고 싶었다.

나에게 있어서 할머니는 도망간 친모를 대신해 나를 키
워 준 분이셨고, 고모들은 항상 다정했다.
삼촌의 이야기만으로 과거를 단정 지을 수 없었고 난
용기 내서 가족들에게 물어보기로 결심했다.

처음으로 물어보게 된 사람은 친오빠이다.

SNS 아니면 가까운 주변의 남매를 보면 사이가 안 좋
던데 오빠와 나의 사이는 다른 남매에 비해서 친한 편
이다.
특히 내가 오빠한테 하소연하기를 좋아한다.
그리고 오빠는 나의 자랑이기도 했다. 난 친구들한테
오빠를 소개할 때 "우리 오빠는 내가 겨울 감기에 자주
걸려서 누워 있으면 오빠는 뱅쇼라는 음료를 만들어 주
었어!"라며 다정함을 자랑했었다.

내 인생에 있어서 첫 뱅쇼는 우리 오빠가 끓여 준 보양
식이었다.

그렇다고 서로 각별하지는 않지만 적당한 예의는 꼭 지
키면서 생활했었고 그렇기에 살면서 궁금했던 친모의
이야기가 오빠에게는 상처로 남았을 과거라고 생각해
서 묻지 않았었다. 그렇지만 이번에는 궁금증을 참을

수가 없었다.

마음을 추스르고 며칠 지나서 오빠에게 전화를 걸었다.

"오빠~!"

"어 왜~?"

"나, 엄마 주소를 찾아서 갔다 왔어."

"만났어?"

"아니, 병원에 입원해서 계신대. 그리고 코로나라서 면회도 안 돼서 가보지도 못했고 집에 계시던 막냇삼촌? 만났어~."

"우리 막냇삼촌도 있어?"

"응 그렇대."

나는 그날 들은 이야기를 하면서, 친모에 대해서 기억
남는 게 없냐고 물어봤다.
오빠는 숨을 짧게 한 번 내쉬더니 말을 이어 나갔다.

"내가 4~5살이었을걸? 엄마가 여동생이 있었어. 그건
기억나. 여동생이 서울 백화점에서 일한다고 해서, 바
람 쐬러 동생 만나러 간다고 했는데, 엄마가 나를 데리
고 나갔어. 잘 갔다가 집에 돌아오는 길이었을걸?
아마 그때부터 엄마가 아팠었나 봐. 공황장애가 와서
집을 찾지도 못하고 나는 무서우니깐 지하철역에서 펑
펑 울고, 그게 기억이 나······. 근데 은미야 더 이상은
기억도 안 나고 예전 이야기는 안 하고 싶어, 어차피 지
난 일이잖아······."

나는 오빠의 말을 듣고, 미안하고 고맙다고 말한 뒤 전
화를 끊었다.

생각이 뒤죽박죽이고 심란했지만 평소와 다름없이 하루를 마무리했다.

몇 달이 흐르고 그날은 아버지의 정기검진 날이었다.

아버지는 내가 20대 초반 대기업을 그만두고 나왔을 때 건강이 더 악화되어서 다리 한쪽이 마비가 되셨다.

아프시기 전에는 큰 기업의 그룹 위원을 하시면서 리더십이 좋은 분이셨는데 불편한 몸으로 다녀본 도시는 장애인에 대한 불쾌한 시선이었고 상처받으며 위축되어 가셨다.

한 번은 밤늦게 걷기 운동을 나갔었는데 집에 돌아올 때쯤 다리가 움직이지 않아 지나가던 택시를 잡으려고 휘청이며 걸어가니, 취객으로 생각해서 차를 세우지도 않고 그 많은 택시들이 모른 척했다고 한다.

나는 그날 밤늦게 퇴근하고 있었고 길에서 아버지를 마
주쳤었는데 쓰러질 만큼 탈진하셨었고 많이 힘들어하
셨었다.
결국 공기 좋은 시골로 내려가서 귀농을 선택하셨다.

나는 상처 많은 아버지에게 친모에 대한 이야기를 꺼내
는 게 실례가 아닐까? 깊은 고민을 했는데 신기하게도
그날은 아버지가 기분이 좋으셨는지 먼저 과거에 대한
이야기를 꺼내셨다.

한참 이야기를 나누던 중 나는 힘겹게 말을 꺼냈다.

"근데 아버지, 나 누구 닮았어요?"

"너? 너는 엄마 배 속에 있을 땐 내 자식 아닌 줄 알았
어~~.(농담) 아~~! 근데 태어나니깐 딱 내 딸이더라?"

"그럼 나는 나 낳아 주신 분이랑은 안 닮았어요?"

"음…… 더 크니깐 니 엄마 얼굴 나오네. 어릴 때는 딱 나였는데…~.

하휴 이뻤지, 네 엄마.

내가 결혼하기 전에 그때 중매가 엄~청 들어왔어.

그 송도에 배가 7척 있는 집안에서 장가오라고 하고 그랬었지.

근데 그 여자가 키가 너무 작았고 내 스타일이 아니었어~~ 내가 눈이 높아."

"그럼 엄마는 키가 컸어요??"

"어어 내 가슴까지는 머리가 왔지. 그 당시에는 큰~ 키였어~. 아무튼 그 며칠 뒤에 우리 거래처였던 너네 엄마네 가게를 딱 가게 된 거야. 우연히 너네 엄마를 딱 봤는데 너무 이쁜 거야!

그래서 내가 당장 사장님 어디 있냐고 하고 내가 먹여 살리겠다고 그 자리에서 찜했다니깐~."

"대단하시네요……. 엄마를 사랑하셨어요??"

"그치……. 사랑했지. 정신만 안 아팠으면, 아직 잘 살고 있었을지 어쩔지 모르지. 근데 왜 자꾸 물어봐. 보고 싶나?"

"아니…… 사실은 다녀왔어요……."

"주소는 어떻게 알고?"

나는 아버지에게 주소를 알아낸 방법하고, 초행길이라서 남자친구랑 함께 갔다는 것과, 거기서 막냇삼촌과 이야기했던 친모의 이야기까지 자세히 말씀드렸었다. 이야기를 다 듣고 아버지의 첫 질문은

"할아버지랑 할머니는 건강하시대?"

"아니요……. 두 분 다 치매가 오셔서 막냇삼촌이 보살

피고 계신대요…….”

“그치……. 그래, 집안이 정신이 온전한 사람이 없었
어. 결혼하기 전에 알았는데 네 엄마는 안 그럴 줄 알았
지…….”

“????????? 왜요? 무슨 일 있었어요?”

“너한테는 외할머니냐……. 그분이 자식들한테 집착이
너무 심했고.
무당을 너무 섬겨서 무슨 일만 생기면 그 무당을 찾아
가서 물어보고 결혼해서 나와 있는, 시도 때도 없이 집
전화로 전화해서 네 엄마를 불안하게 하고, 집 전화 안
받으면 집으로 찾아오고 그러니 두 집 사이가 좋을 일
이 있냐…….
그리고 네 엄마 위에 오빠가 한 명 있었는데 아파서 일
찍 죽고, 그 밑에 남동생은 정신지체 장애가 심했고, 여
동생은 멀쩡했었지~!

아…, 그리고 늦둥이 동생이 아마 네가 본 막냇삼촌이
었을 거다. 아무튼 그 집안이 전체적으로 정신이 온전
하지 못했어…….”

“음…… 근데 사실 아버지, 할머니와 할아버지 돌아가
셨대요……. 두 분 다 치매도 심하셨고 몸도 안 좋아지
셨고. 제가 집에 찾아갔을 때는 살아 계셨는데, 얼마 전
에 통화 했었을 때 저 다녀가고 며칠 안 지나서 돌아가
셨다고 하시더라고요…….”

아버지는 운전대를 잡고 강한 햇살에 눈살을 찌푸리며
한동안 말씀이 없으셨다.

속상한 마음을 말로 꺼내지 못하시는 분이시기에 부고
소식을 듣고 말이 없어진 아버지를 보고 나는 느낄 수
있었다.

회사에서 선배로서, 위원장으로서 마지막을 지키지 못

했고 가정에서 아들로서, 가장으로서, 사위로서 어느
역할에서도 누구 하나 책임지지 못한 스스로를 자책하
고 계셨을 것이다.

우리는 삶에 모든 역할에 처음이기에 서툴고, 살아온
환경이 다르기에 오류가 있다. 엄마도 엄마가 처음이고
아빠도 아빠가 처음이니깐.

나를 낳아 준 친모도 결혼을 하고 아이를 낳는 과정 속
에서 본인도 모르던 유전적인 부분들이 작용했을 것이
고 감기처럼 오는 우울증이 우울증인지 몰랐을 것이고
독감처럼 변해도 그때는 눈치채지 못했을 것이다. 그렇
기에 나는 친모가 마음에 걸린 독감을 나에게 전염시키
지 않으려고 나를 두고 갔다고 생각한다. 아니 그렇게
이해하려고 한다.

그날 아버지는 무슨 마음이셨는지 이동하는 차 안에서
마른 입에 침을 바르시며 참 오랫동안 옛날이야기를 해

주셨다. 더 이상 상처를 숨기지 않으시려는 모습을 보
며, 나도 상처를 숨기지 않는 연습을 해야겠다고 생각
했다.

아버지의 아버지

나는 30년 넘게 살면서 우리 아버지가 이렇게 말이 많으시고 능청스러우신 분인지 몰랐다.

차 안에서 아버지의 이야기를 들으면서 참 다방면으로 신기할 뿐이었다.

나이가 들수록 호르몬 변화로 남자는 조금 여성스럽게 변한다고 하는데, 나이가 들어서 변했다는 이유보다 '그냥 우리 아버지는 원래 이야기하는 걸 좋아했지만

자식한테는 무슨 이야기를 해야 할지 몰랐던 사람이 아
니었을까?' 라는 생각을 했다.

아버지는 할아버지가 참 무서웠다고 이야기해 주셨다.

집은 산골짜기에 있어서 읍내를 나가려고 하면 걸어서
3~4시간은 걸렸고 고모들은 딸들이라서, 여자끼리 읍
내를 나가지도 못하게 했다.
해가 지면 꼭 집 안에만 있어야 했고 그나마 아버지는
아들이라서, 딸들보다는 숨통이 트였지만 그렇게 원하
던 공부는 큰형만 시키셨다고 했다.

아버지의 유년 시절 기억 중 하나인데, 어느 날 마루에
서 낮잠을 자고 있었는데 할아버지는 자고 있는 아버지
가 게으르다면서 도끼를 들어, 날 반대쪽 두꺼운 나무
손잡이로 아버지의 다리를 내려치셨고, 한동안 다리를
절어서 걷지도 못하셨다고 했다.

이 이야기를 하시면서 지금 나이 먹어서 다리가 한쪽이 마비된 건 어린 시절 제대로 치료하지 못해서 다시 고장이 난 게 아니겠냐며 한탄하셨다.

그리고 할아버지는 차남은 공부 말고 기술을 배워야 한다며 학교에서 받아 온 책들은 다 태워 버리셨고 학교에도 못 가게 했다.

너무 속상했던 아버지는 며칠을 논에 앉아 서럽게 울며 눈물을 삼키며 일을 했고 얼마 지나지 않아서 아버지는 할아버지에게 시골에서는 공부도 못하고, 농사일밖에 없으니 서울 가서 공장 기술을 배우겠다, 하고 중학생 때 상경하셨다.

이때 할머니께서는 아버지에게 더 못 챙겨줘서 미안하다, 하시며 바지 주머니 속에서 2,000원을 꺼내서 손에 꼭 쥐여 주셨고 눈물의 인사를 했다.

그렇게 아버지는 서울에 사출 공장에 취직해서 기술을
배우셨다.

어느 정도 자리를 잡고, 가끔씩 본가에도 내려가면서
아버지에게 인정받고 칭찬받으려 노력했지만 할아버지
는 그저 큰아들이 잘되기만을 바라셔서 단 한 번도 칭
찬을 받아 본 적이 없다고 하셨다.

몇 년 안 지나서 할아버지 건강마저 나빠졌고 집에 있
는 논과 산을 다 팔아가면서 서울의 병원에 다니셨지만
끝내 치료하지 못하고 돌아가셨다고 한다. 아버지는 지
금 생각해 보면 '암'이었던 것 같다고 하셨다.

할아버지가 돌아가시고 몇 년 후 큰형과 형수가 사고로
돌아가시게 되면서 남겨진 가족들은 의지할 사람이 우
리 아버지뿐이었다.

할머니와 큰형이 남긴 조카 셋, 고모들까지 총 7명의

모든 걸 책임지기 위해서 하루 3시간 자면서 일을 하셨다. 정말 열심히 사셨다.

시간이 흘러 아버지는 결혼하셨고 오빠와 내가 태어났다. 고모들도 독립했지만 어린 식구가 늘어난 만큼, 더 열심히 일을 하셨다.

열심히 살아왔지만, 아버지는 항상 마음이 무거운 죄인처럼 사신다. 스스로에게 인색하며 만족이 없고, 후회로 가득한 아버지의 인생이다.

원하는 공부를 하지 못해서 한스럽고 집에 있는 날보다 돈을 벌기 위해 밖에 있던 시간이 더 길어서 가족을 챙겨 주지 못했고 그래서 본인은 0점짜리 남편이라며 결혼을 후회하셨다.

본인을 쏙 닮은 아들, 딸들 데리고 놀러 한 번 제대로 다니지 못했고 사진 한 장 남겨 주지 못한 게 미안하다고 하셨다.

돈을 더 많이 벌지 못해서, 조카들도 자식들도 대학도 못
보내주고 고등학교까지만 다니게 해서 미안해하셨다.

다시 사랑으로 재혼했지만 그 여자마저 힘들게 하고 몸
까지 아파서 스스로 짐이 되었다고 후회하셨다.

살면서 제일 미안했던 건 무뚝뚝한 할아버지 밑에서 사
랑을 배우지 못했고 아내와 자식들에게 표현하는 방법
을 몰라, 엄마에게 진심을 표현하지 못했고 나처럼 자
식들도 무뚝뚝하게 키운 것 같아 미안하다고 하셨다.

몸이 편하고 여유가 생길 때 벌어지는 생각의 틈 속에
는 가족에 대한 미안함과 인생 후회가 떠밀려와 이 틈
이 생기지 않게 불편한 몸으로도 일을 하시고 아무것도
해줄 수 없으니 짐이라도 되지 않겠다는 마음으로 매일
을 독하게 사시는 아버지이다.

나는 이제서야 나에게 외로움을 가르쳐 준 아버지를 이
해했다.

후회는 아버지를 닮았다

거리 곳곳에는 벌써 크리스마스 분위기가 가득하고 큰
트리가 장식되어 있다.

이 분위기를 느끼며 나는 생각했다.

소중한 사람들에게 좋은 연말 선물해 주고 싶다.

하지만 생각과 다르게 그렇지 못한 통장 잔고에 올해도
나는 반성하는 연말을 보낼 것 같다.

내 눈앞에 스쳐 가는 명품 쇼핑백을 든 사람들을 보면

'나도 우리 엄마한테 내년에는 명품 하나 사줄 수 있겠지?' 하며 생각하던 25살 때 다짐이 생각나고 내년에는 아버지가 계신 곳에 내려가서 가족끼리 따뜻한 크리스마스를 보내야지 했던 28살 때 다짐이 생각난다.

이번 겨울에는 우리 오빠 좋은 겨울 코트 사줘야지 했던 32살의 다짐까지 33살 크리스마스를 앞두고 아무것도 지키지 못한 모습들…….

1년 12개월 중 단 한 달의 하루만큼은 내가 가족들에게 선물이고 싶었는데 스스로 한 약속을 지키려고 노력하지 않는 내 모습에 나는 오늘도 부끄러워진다.

이러한 다짐들은 연말이 다가오면서 더 생각났지만 애써 무시했다가 더 이상 생각 밖으로 미뤄내지 못할 상황까지 오면 미련하게 살아온 나를 반성하며 더 나아져야지 다짐한다.

연말과 연초에 후회와 다짐 속에 생각한다.

목표 없는 편안함과 안식은 무서움이고 앞으로 나아갈 노력을 하지 않는 내 모습은 공포다. 작년의 나는 올해의 나보다 잘난 구석이 하나도 없다.

2023년 나에게 바라는 게 있다면 그동안 '해야겠다.'라는 다짐으로 가득 찬 시절은 버리고 이루면서 살아가길 바란다.

배움도 지치지 말고 어려움은 해결해 나가고 게으름 피우지 않는, 의미 있는 나로 성장하길 바랄 뿐이다.

후회 속에 살지 말자.
나는 나의 아버지보다 더 나은 삶은 살아야 한다.

가족을 이해하기까지

나는 어릴 때부터 눈치가 빠른 편이었다. 그렇다고 이해심이 많은 편은 아니었고 철저히 내 방식으로, 내 경험을 바탕으로만 이해했다.

20대 중반부터 사회에서 꽤 책임감 있는 업무를 하다 보니 인생을 다 살아 본 것처럼 스스로 거만했던 부분도 있었다.

그렇기에 나의 가족을 이해하려고 했던 부분보단 원망하는 방향이 더 가까웠다.

이런 내가 변하게 된 이유는 한 남자 때문이었고 덕분에 내가 나의 부모님을, 우리 오빠를 이해하는 마음이 생겼다.

결정적인 계기가 있어서라고 하기보다는 싸움이라는 과정에서 많은 대화를 하다 보니 서로가 많이 변하게 되었고 그와 나는 정말 많이 싸웠다.

연애 초반, 알콩달콩했던 부분도 있지만 다른 연인에 비해서 정말 피 터지는 언쟁 속에서 연애를 이어 나갔다. 살아온 환경이 너무 달랐고 특히 나의 젊은 꼰대처럼 상대를 대하는 화법이 그의 도화선에 불을 지폈었다.

'그래, 너도 힘들지? 근데 내가 더 힘들어.'

'운동? 힘들지, 근데 그거 네가 좋아서 하는 거잖아.'

'으응~ 알지, 더 말 안 해도 알아.'

대화하다 버릇처럼 이런 말투들이 튀어나왔고 말하고
있는 그의 말을 잘라먹고 가르치기 바빴다. 위로해 주고
감정을 다독이는 방법을 몰라서 그를 외롭게 했었다.

때로는 사람들과 이야기를 들을 때 상대의 첫 마디에,
결과를 만들어 놓았고 끝까지 듣기는 하지만 내가 이미
만들어 놓은 결과에 상대방의 이야기를 넣다 보니 말하
는 사람의 감정을 전혀 느끼지 못했다. 느끼는 방법을
몰랐다.

사람마다 같은 종류의 고민이 있을 수 있지만 같은 고
민 속에서도 누구는 슬프다고 느낄 수 있고, 누구는 분
노를 느낄 수도 있고, 누구는 답답하게 느낄 것이다.

그런데 나는 나의 정답 안에서 그 고민을 듣다 보니 상대의 감정을 느끼지 못한 채 가르치기 바빴다. 잘 듣다 보면 그 사람의 단어 속에서 감정이 느껴질 텐데 나는 경청의 노력을 하지 않았던 것이다.

나는 그를 만나면서 내가 남의 고민을 내 방식으로 이해하고 내가 가진 좁은 견문으로만 해석하려고 한다는 걸 알게 되었고 그는 차분하게 나의 부족한 부분을 가르쳐 주었다.

모든 이야기 속 고민과 문제를 해결해 주려고 하지 말라며 타일러 주었고 이런 소통이 반복되다 보니 그가 하는 고민과 사람들의 생각을 들을 때 이야기가 깨끗하게 들리기 시작했다.

내가 경청의 자세를 배워 가는 순간이었다.

우리는 싸우는 방식도 달랐다.

그는 불처럼 타올라서 모든 걸 다 이야기하고 풀어 버리는 성격이었는데 나는 싸우면 침묵하고 마음속에 불이 활활 타오르는 성격이었다.

나는 싸울 때 모든 관계를 정리하려고 애썼는데 그를 만나고 이런 부분도 바뀌게 되었다.

싸우고 나서 화가 나지만 좋은 관계였을 때 대화 내용을 보며 그 순간을 생각해 보기도 하고 사진첩을 열어 행복했던 순간을 일부러 찾아보기도 했다.

물론 나의 문제점을 처음부터 고치기는 힘들었다.
처음에는 노력하는 내 모습조차 짜증이 치밀어 올랐지만, 헤어지면 두 번 다시 못 본다는 생각을 하니깐 화가 나는 감정보다 이별이라는 슬픔을 더 견딜 수 없을 것 같았다.

가끔은 생각조차 하기 싫을 정도로 화가 날 때는 사랑

에 있어서 자존심은 중요한 게 아니라는 마음을 계속 되새겼고 어느 정도 진정하고 나서는 그에게 말을 거는 노력을 했다.

"나는 너를 너무 사랑해. 하지만 서운한 감정은 숨길 수 가 없어."라고 속상한 마음을 이야기하며 표현했다.

그러면 그는 내가 자존심을 내려놓고 다가온 걸 느끼고 차분히 내 이야기를 들어줬다. 나는 그가 내 이야기를 들어줘서 너무 좋았다.

이때 그와 많이 싸우면서 느낀 부분이 있는데 싸우고 화해하는 방법에 있어서 제일 중요한 건 사과를 건네는 사람보다, 받아주는 사람의 자세가 중요하다고 느꼈다. 만약에 받아주는 사람이 오히려 '그래~ 당연히 네가 잘 못한 거지.'라는 느낌이 풍겨오면 나는 먼저 사과한 부 분에 자존심이 상해서 더 이상 감정을 표현하지 않았을 것이다.

그렇지만 그는 나의 화해의 손을 잘 잡아 주었다.

사과도 서툴러서 자존심 세우는 나에게 오히려 용기 낸 모습이 대단하다면서 칭찬해 주었고 반대로 그의 사과를 받아들이는 모습도 서툴러서 치사하게 행동했을 때도 더 많이 미안했다며 나에게 항상 져주는 사람이었다.

사랑에 자존심만 강했고 사과하는 방법도 모르는 나를 오랜 시간 다독여 주면서 기다려 주었고 그의 기다림이 나를 더 성장하게 만들어 주었다.

나도 그가 힘들 때 옆에서 기다려 주고 응원해 주는 사람이 되고 싶었고 그가 겪었던 일들과 그의 이야기에 집중하며 기분을 이해하려 노력했다.

연애 중 싸움과 화해가 반복되고 상황을 이해하고 감정을 표현하며 상대에게 집중하다 보니 자연스럽게 우리 아버지와 나를 낳아 주신 친모, 그리고 나를 키워 주신 엄마를 이해하는 사람이 될 수 있었다.

이전과 다르게 부모님 생각했을 때 원망하거나 슬퍼하지 않고 최선을 다하시면서 사셨다는 생각을 하게 됐다.

감정적으로 변화한 나를 느끼며 너무 놀라웠다.

물론 누군가를 이해하고 그 입장에서 생각한다는 건 생각보다 많은 에너지와 감정이 사용돼서 힘들었다.

슬픈 감정에 동화되어 버리면 지치기도 했고 내 탓인 것 같아서 우울해지기도 했다.

처음에는 아버지와 엄마 그리고 친모를 생각하며 그분들의 인생이 너무나도 힘들었다는 게 느껴져서 얼마나 울었는지 모르겠다.

이제는 가족 누구도 원망하지 않는다.
나만 서툰 게 아니고 우리 모두가 서툴렀으니깐.
그래서 계속 살아가는 동안 어른들의 인생을 기억하며

이해할 것이다.

가족에 대한 이야기를 쓰다 보니 나를 키워 주신 엄마에 대해서 터무니없는 상상해 본다. 환생이 정말 존재한다면 우리 엄마가 내 딸로 태어났으면 좋겠다.

형제 많은 집에 태어나서 부모님 사랑을 한번 제대로 받아보지 못한 우리 엄마가 나에게 하나뿐인 딸로 와준다면 엄마가 나 키울 때보다 더 많이 사랑해 주고 백화점 가서 예쁜 옷도 마음껏 사주고 해외여행도 많이 다닐 텐데.

멋있는 남자친구도 많이 사귀라고 용돈도 많이 주고 결혼할 때 되면 누구보다 남편 사랑 많이 받고 행복 속에 사는 딸로 만들어 줄 텐데라며 생각해 본다.

책에 쓴 글이 이루어질 수 있는 마법이 있다면 내 생각이 이루어지길 바라본다.

말에는 강한 힘이 있다

가족을 이해하는 데 과정에 있어 제일 큰 역할을 한 건 대화였다. 그만큼 상대와 나누는 대화는 중요하고 대화 속 내용은 더 중요했다. 불평만 내뱉는다면 불평이 늘 것이고 후회만 내뱉는다면 매번 후회만 가득할 것이다.

그래서 우리는 말한다.
반복해서 말하면 이루어진다! 말에는 힘이 있다!

내가 어린 시절 달고 살았던 꼬리표는 '불쌍한 아이'였
고 어른들에게 그런 말을 자주 들어서 나는 자신감이
없었고 내성적이었다. 불쌍한 아이라는 말 때문인지 실
제로 학창 시절 친구들 관계도 좋지 못했다.

초등학교 4학년 때, 주말에 동네 친구들과 엄마들이 모
여서 대공원으로 소풍을 간 적이 있었다.

그곳에서 엄마는 은미가 노래를 잘하니 한 번 해보라고
시켰는데 개미같이 작은 목소리로 동요를 불렀는데 참
부끄러워서 아직까지도 기억에 남는다.

또 하나 잊지 못할 기억이 있는데, 초등학교 고학년이
될수록 교회에서는 은근히 따돌림도 당했다.

내가 어릴 때부터 같이 다니던 친구들은 고학년이 되니
잘나가는 친구들이 되어 있었고 그 무리에 나는 어울리
지 않았기에 날 멀리했었다.

초, 중학교 시절 나는 마른 몸에, 어벙한 옷을 입고 다녀서 친구들 마저 나를 안쓰러워했고 나는 그런 불쌍한 취급 받는 게 익숙했었다.

그런데 중학교 겨울방학을 기점으로 나의 키가 7cm 커서 고등학교 입학은 169.3cm 큰 키로 들어가게 되면서 외적으로 불쌍해 보였던 이미지를 바꿀 기회가 생겼었다.

고등학생 때 교복을 큰 사이즈가 아닌 몸에 딱 맞는 사이즈로 입게 되었고 가방도 등에 맞는 사이즈를 매고 다녀서 거울 보는 게 좋았고 행복했다.

이렇게 쭉~ 행복하고 자신감 넘치는 일들만 생겼으면 좋았을 텐데 외적인 부분에서 또 걸림돌이 생겼었다.
졸업을 했으니 항상 사복을 입어야 하는데 나는 세련되지 못한 스타일 때문에 직장 언니들에게 예쁨을 받지 못했다.

화장품 가게에서 아르바이트할 때는 쇼트커트에 볼륨 없는 몸매로 인해 지나가던 6살짜리 남자아이가 큰 목소리로

"엄마~~~~~~~~~. 여기 남자가 화장품 팔아!!!!!"를 외치면서 다녀서 나는 그날 매장 카운터 안에 쪼그려 앉아서 30분을 펑펑 울었다.

불쌍한 이미지에서 벗어나서 행복했는데 이제는 촌스럽고 남자스럽다는 이야기를 듣고 엄청난 충격을 받았다. 그 일이 끝나고 나는 이미지 변신을 위해서 컬러렌즈를 구매했고 진한 스모키 화장을 배웠다.
머리는 서인영의 버섯 머리가 유행인 시기라서 미용실에 가서 초코 브라운으로 염색을 하고 버섯 머리로 다듬었다.
더 이상 남자 같다는 이야기를 듣지는 않았지만. 촌티에서 벗어나는 건 정말 힘들었다.
그렇게 시간이 지나서 20대 중반이 되었다.

완벽한 모습은 아니었지만 20대 초중반에 연애도 하고
일도 하면서 지냈다. 연애의 아픔이 생겼을 땐 친구들
과 함께 클럽에 가기도 했다.

난 그때 생각했다. '어린 시절 불쌍한 이미지는 완전히
사라졌고 20대 초반보다 예뻐졌고 옷도 꽤나 세련됐고
머리도 길었으니깐 자신 있게 클럽 가도 괜찮겠지???'

하지만 그곳에 도착해서 나는 더 깊게 생각하지 못한
나 자신이 부끄러웠다.

왜냐하면! 나는 그곳에서 깍두기였다.

엄청나게 화려한 조명 속에서 귀가 터질 것 같은 음악
을 들으며 나는 뭘 해야 하나……. 잔 하나 들고 머쓱하
게 서있는

'깍두기'

친구들은 동에 번쩍 서에 번쩍하며 열심히 춤을 추고 있었고 그곳에 모든 사람들이 연예인 같았다. 다 예쁘고 멋있는 사람들만 있었다.

감탄하며 주변을 보고 있을 때

"저기요~."

나지막한 목소리가 귀 옆에서 들렸다.
돌아보니…… 어떤 남자분이었는데…… 주름이 많은 아저씨였다.

"뒤에서 잔을 보니깐 술을 다 마셨길래~~ 이거라도 마시면서 친구들 기다려요."

하며 본인 테이블에 있는 생수 한 병을 나에게 건넸다.
난. 깍두기처럼 서있고 이런 모습을 동정받는 내가 쪽팔렸다.

그래도 춤도 못 추고 인기도 없었지만 클럽 안에 있으니 나도 잘나가는 사람처럼 느껴져서 우쭐한 마음이 들기도 했다.

회사 동생들에게 서울 클럽에 대해서 이야기해 주면 엄청 잘 노는 언니가 된 기분이 들어서 자신감 넘치듯 행동하긴 했지만 촌스러운 건 어쩔 수 없었다.

서울 클럽에 대한 우쭐감이 사라질 때쯤 해외에서 유학을 마치고 돌아온 친구가 같은 유학생들끼리 한국에서 작은 파티를 한다며 나를 초대했다.

각자의 친구들을 부르기로 했던 자리라고 해서 부담 없이 참여하게 되었고 재미있게 게임도 하고 음식도 먹으면서 시간을 보내고 있었다.

술도 한 잔씩 하다 취기가 올라올 때쯤 온 동네에는 영어가 가득했다.

'유학생들이라서 그런가 보다······.'

하며 있었는데 어떤 한 여성분이 나에게 영어로 질문을
했다.

나는 아무 말도 할 수가 없었다.
그들처럼 유창하지 못해서 부끄러운 마음에 한마디도
할 수가 없었다······.
대학도 안 가고 고등학교만 나온 나의 학벌이 부끄러웠
고 자신 있게 영어로 대답 못 하는 내가 한심하게 느껴
졌다. 외모도 별로지만 내 머리가 텅텅 비어 있는 걸 몰
랐다. 아무것도 없을 거면 자신감이라도 있었어야 했는
데 자신감도 없었다.

그렇게 벗어나고 싶은 불쌍하고 추하고 촌스럽고 안쓰
러운 이미지는 영영 벗어날 수가 없는 건가? 라며 매일
생각하며 고민했는데 스스로 찾은 해답은 처음부터 다
시 시작하는 방법이었다.

남들에게 비치는 모습으로 살지 않고 내가 원하는 모습으로 살아야 했다.

차분히 부족한 지식을 채워 나가야 했고 외모도 천천히 가꿔 나가야 했다. 제일 중요한 자신감도 채워 나가면서 나를 다시 만들어 가기로 했다.

말에는 힘이 있으니깐 내가 원하는 모습을 적어 현관문에 붙여 놓고 출근하기 전 세 번씩 읽기부터 시작했다.

"은미야! 하루의 시간은 나를 위한 거야.
그러니깐 누구의 말투, 행동이 나를 거스르게 해도 다시, 안 올 내 하루를 위해서 절대, 휩쓸리지 마.
넌, 오늘 하루를 최대한 열심히 살 거야.
그런 하루들이 모여서 내가 원하던 내가 될 거야.
여유 있고 우아하고 열정적인 내가 될 거야. 분명 어렵고 힘들겠지만. 은미, 너는 그래 왔듯 잘할 거야 오늘 하루도 나를 위해 살자."

말에는 강한 힘이 있다

이 노력은 꾸준하지 못했다.

하지만 변하고 싶은 간절한 마음이 있었기에 내면과 외면을 가꾸는 데 멈추지 않았다.

산모는 출산을 앞두고 태교를 할 때 좋은 노래를 듣고 차분히 말하고 흥분하지 않으려 한다.

이후 아이를 키울 때 좋은 부분만 보여 주기 위해서 주변에 유흥시설이 없고 교육 환경이 좋은 곳으로 이사를 간다. 그만큼 자라면서 보고 듣는 게 중요하기 때문이다.

내가 변해야겠다는 결심을 한 이유도 다양한 곳에서 나와 다른 사람들을 많이 보고 다른 점을 느끼고 그 사람들의 이야기를 들었기 때문이라고 생각한다.

나도 내가 반한 잘나가는 사람들처럼 되고 싶었다.

좋은 곳에 가니깐 잘 배워 보이는 사람들이 많았다.

똑똑한 사람들 사이에 있으니깐 똑똑해지고 싶었다.

처음에는 나를 부끄럽게 한 사람들이 싫었지만 반대로

나의 부끄러웠던 부분을 채우면 불쌍한 아이라는 꼬리
표도 떼버릴 수 있고 촌스러운 모습도 발전할 수 있다
고 생각했다.
나와는 다른 사람들을 보고 느꼈다.

내가 불쌍한 아이라고 해서 할머니가 될 때까지 그렇게
살 수 없었다. 나는 변해야 했다.

매일 꾸준하지 못했지만 변화를 위해 노력했던 부분은
조금씩 쌓였고 덕분에 좋은 남자를 만났다.

이젠 내가 스스로 나를 위로하지 않아도 나의 하루를
사랑으로 채워 주는 사람이 있어 더욱 발전적인 모습으
로 살면서 더 좋은 방향으로 조금씩 바뀌는 중이다.

24시간 내내 나에게 칭찬을 하는 건 아니지만 우리는 깨
어 있는 시간만큼은 서로에게 좋은 사람이길 노력한다.

난 말에 엄청난 힘이 있다고 믿어 왔고 지금도 믿는다. 부정이면 부정적으로 되고 긍정적이면 긍정적으로 되려고 한다. 그리고 그 말을 기록한 글에는 더욱더 큰 힘이 있다고 느꼈다.

사랑은 아픔을 낫게 해준다

2018년 3월 14일 우리는 일본으로 함께 여행을 떠났다. 비행기는 아침 일찍이기 때문에 새벽같이 일어나서 공항으로 출발했고 가던 중 여권을 두고 와서 다시 집에 다녀오는 웃픈 이야기가 있지만 무사히 잘 도착했고, 나의 첫 일본 여행은 성공적이며 신기함의 연속이었다.

보통은 설렘이 가득한 여행이었다고 하겠지만 신기하다는 나의 말에는 이유가 있다.

내가 반한 그는 운동선수이다.
그가 한창 높은 실력을 유지하고 한국인 최초로 진입장
벽이 높은 해외 시합에서 은메달이라는 성적으로 메달
을 획득했다.

우리나라에서 비인기 종목이긴 했으나 그만큼 그 운동
을 사랑하는 두꺼운 마니아층이 형성되어 있었다.

그와 함께한 여행, 첫째 날 공항에서 내려서 기차 타고
일본 교토에 도착했는데 어디선가

"어? 어~~?"

하며 그를 알아보는 한국인이 다가오며 말을 걸었다.

"오? 선수님 아니세요~?? 안녕하세요!
저 진짜 팬입니다!"

그는 팬과 자연스럽게 사진을 찍었고 그렇게 그 모습을 신기하게 바라보았다.

둘째 날 교토에 있는 신사에 갔는데 분홍색 벚꽃이 만개해 있었다. 아직 꽃봉오리가 활짝 펴지지는 않았지만, 나무에 초록색 이파리보다 꽃망울이 많아서 너무 예쁘고 황홀한 기분 속에서 난 생각했다.

'참 이래서 일본 벚꽃 벚꽃 하는구나, 색깔만 봐서는 먹었을 땐 딸기 우유맛 나겠네.'

이런 생각 하면서 그의 옆에서 찰싹 붙어서 꽁냥꽁냥 사진 찍을 때 어떤 남성 두 분이 오셔서(그분들도 한국 사람……)

"어?"

하며 그를 알아봤고 자연스럽게 사진을 찍었다.

사랑은 아픔을 낫게 해준다

그걸 바라보는 나는 그가 정말 부러웠다.

맛있는 것도 많이 먹고 즐거운 여행이었지만 5년이 지
난 지금도 나는 저 기억이 제일 선명하게 남았다.

여행이 끝나 다시 일상으로 돌아와서 그와 데이트할 때
도 사람이 많은 곳에 가끔씩은 그를 알아보는 사람들이
있었고 나는 항상 들떠 있었다.

그가 엄청 유명한 연예인은 아니지만 내가 경험하기 힘
든 일이니깐 참 재미있었다.

매일이 즐거웠고 운동 이야기 듣는 것도 신났다.

그러던 어느 날, 신난 기분에 내가 장난을 쳤는데 그가
평소와 다르게 너무 심각하게 화를 냈다.
나는 너무 놀랐고, 그의 반응에 놀라서……

'……어어어? 뭐지 내가 싫어졌나?'

라는 생각이 들어 속상한 마음에 물어보니깐 그가 조심
스럽게 이야기를 꺼냈다.

그는 어릴 때부터 몸에 비해서 두상이 조금 큰 편이었
다고 한다. 그래서 중심 잡기가 힘들어서 넘어진 적도
두어 번 있다고 했다.

어린 시절에는 머리가 크다고 놀림을 많이 받았고 마르
고 키가 작고 약해 보였던 그는 학창 시절에 놀리기 좋
은 아이였고 어느새 학교폭력 피해자가 되어 버렸다.

제일 심했던 시기는 중학생 때였다고 한다.
가해자들은 남녀공학인 교실에서 그의 하의를 속옷까
지 내려 수치심을 느끼게 했고 그에게 정수기 뜨거운
물을 붓기도 했다.
괴롭힘에 힘들어 선생님께 도움을 요청했지만 오히려
그를 탓하며 학교는 그를 보호해 주지 않았다.

방과 후 그는 그들과 마주치지 않게 자전거를 타고 전
력 질주하며 집으로 향했고 혼자서는 동네 주변을 편하
게 다녀 본 적이 없다고 한다.

그렇기에 그는 놀림당한다는 걸 싫어했고 성인이 되어
서도 놀림당하는 순간이 오면 그때의 감정들이 터져 버
려서 너무 힘들다고 했다.

이런 이야기를 듣고 나니 속상한 마음도 모르고 놀린
게 미안했고 바로 미안하다고 사과했다.

그는 나의 사과를 받아주며 따뜻하게 안아 주었고 지난
이야기를 더 들려 주었다.

그는 힘든 이 시간을 버틸 수 있었던 따뜻하게 안아 주
시는 할아버지와 할머니, 아버지와 하나뿐인 형의 사랑
으로 아픔을 회복하며 이겨 낼 수 있었다고 한다.

고등학생이 되었을 때는 가족을 위해서라도 강해져야 겠다는 생각에 헬스장을 다니게 되었고 따돌림이라는 불안감을 이겨내고자 모든 기구 다 4~5세트씩 하루 2시간 조금 넘는 시간 동안 운동을 했다고 한다.

이런 꾸준함과 열정을 느낀 할아버지의 열렬한 응원 속에 그는 '두 번 다시는 끔찍한 시간으로 돌아가고 싶지 않다. 꼭 강해져야겠다.'라는 간절한 마음으로 운동을 쉬지 않았다고 한다.

이후 힘이 좀 세진다고 생각했을 때 스스로 지키기 위해서 복싱장을 찾아갔는데 반대로 도복을 받게 되어 2008년 9월 1일 주짓수를 시작하게 되었다고 한다.

운동을 시작하게 된 그에게는 차츰 변화가 생기기 시작했고 도움을 주기 위해 다가오는 따뜻한 사람들도 많았고 여전히 냉담한 사람들도 많았다고 한다.

순탄하지만은 않은 인생이었지만 힘든 일이 생길수록 그는 가족들에게 더 의지하면서 꿈을 키워 나갔다.

우리는 어린 시절에 아픔은 있었지만 서로 다른 결핍을 가지고 있었다. 나는 가족을 이해하지 못했고 그는 가족이 아닌 남을 이해하지 못했다.

나는 다른 사람들을 보며 깨우쳤지만 그는 가족을 보며 깨닫고 삶을 배웠다.

우리는 서로 다른 경험으로 자란 서로를 이해하기 위해 정말 많은 대화를 했다.

각자의 아픔을 지난 일이라고 무시하지 않았고 어린 시절 작은 마음의 상처까지도 이야기하며 서로를 이해해주고 부끄러워하지 않고 지난 일을 놀리지 않았다. 시간이 지나면서 나는 그에게 더욱더 깊은 사랑을 느꼈고 어린 시절 흘려보낸 마음의 힘이 서서히 차오르고 있었다.

이제는 단단하게 기댈 수 있는 곳이 생겨서 더 이상 바닥에 흘려보내지 않아도 된다는 확신이 들었다.

우리가 하고 있는 사랑은 불꽃처럼 뜨겁지 않지만 은은한 따뜻함에 서로의 상처가 아물어 갈 수 있고, 우리가 하고 있는 사랑은 심장이 요동치지 않지만 차분한 만큼 서로의 마음의 힘을 지켜줄 수 있다.

사랑은 아픔을 낫게 해준다.

누군가에게 쓸모 있는
사람이 된다는 건

그는 가족에게 위로를 받고 자랐고 나는 가족이 아닌 사람들에게 위로를 받는 게 익숙해서 누군가의 인생을 함께해 주고 더 잘되게 고민하는 일이 나에게는 잘 맞는 것 같다. 그래서 나는 조력자의 위치가 마음이 편하다.

스스로 발전하기 위해서 노력하는 건 힘든데 내가 사랑하는 사람을 위해서 노력하는 부분은 몸이 저절로 움직인다.

그 사람을 위해서 요리를 해주고 그 사람이 어려워하는 부분을 해결해 주는 일이 내가 "도움을 줄 수 있는 사람"이라는 게 느껴져서 보람되고 기쁘다.

다만, 이런 나의 성격을 일찍 눈치챈 한 똑똑한 사람은 나를 참 지독하게 괴롭혔는데. 바로 '직장 선배'이다.

그 선배는 내 행동을 분석했던 것일까? 입사해서 얼마 안 지나서 나에게 너무 잘해 주었다. 지금 와서 생각해 보면 날 조련을 잘한 사람이다.

점심도 매일 같이 먹는 게 아니고

"오늘 내가 너랑 단둘이 같이 먹어 줄게~."

일 끝나고 나서 술 한잔할 때도

"오늘 내가 너 고민 들어줄게~."

이런 느낌으로 내가 감정적으로 약해져 있을 때 나를
탁 잡아가는 느낌이었다.

그때는 몰랐다.

주변에서 평판도 좋고 인기도 많던 선배가 나를 챙겨
준다는 게 너무 좋았다.
그렇게 난 그 선배 아래서 5년 동안 시중을 드는 수종
자가 되었다.
영화 〈악마는 프라다를 입는다〉 편집장은 선배였고 미
란다는 나였다.
처음에는 선배의 작은 부탁에서부터 시작을 했고 조금
씩 시간이 지나면서 선배의 앓는 소리 하나에 퇴근 시
간을 넘겨 10시까지 남아서 정리를 하고 갔다.

쉬는 날에도 선배가 혼자 밥 먹기 싫다고 연락이 오면
바로바로 나가서 함께 밥을 먹었었고 쇼핑하러 가고 싶
다고 하면 나는 열심히 쇼퍼가 되어 장단을 맞춰 주었

는데 그때마다 비싸지는 않지만 작은 선물을 꼭 사서
챙겨 주었다.

그 당시 나는 나를 좋아해서 불러 주는 선배가 좋았고
함께 있는 시간이 즐거웠다.
그런데 선물까지 챙겨 주니깐 세상에서 최고의 선배였다.

직장을 다니는 시간이 길어지는 만큼 선배와 함께하는
시간도 길어졌고 내 고민을 모르는 게 없었다.

엄마보다 더 많은 시간을 선배와 보냈기에 힘든 일이
있을 때 기대고 믿고 의지했다.
할 얘기 못 할 얘기 구분하지 못하고 다 이야기했고 가
정사에 대해서까지 숨기는 거 없이 말하고 나니 선배는
나를 만만하게 대하기 시작했고 거만해졌다.

그리고 나의 이야기를 교묘하게 이용해서 나를 불편하
게 했다.

누군가에게 쓸모 있는 사람이 된다는 건

"아~ 은미는 엄마 싸준 도시락 그런 느낌 잘 모르지?"
이런 식으로 사람들 앞에서 꼽을 주었었다.

그 당시 그런 대화가 날 걱정이며 위로라고 생각했으니
나도 참 바보였다.

이래도 저래도 좋아요 하던 내가 우스워졌던 것일까?
선배에 대한 충성심이 금이 가는 순간이 왔다.

나보다 늦게 들어온 후임이 그 선배의 추천서로 더 좋
은 곳으로 발령이 났다.
분명 그 자리는 내가 갈 자리였는데?
왜 그런 거냐고 물어보니깐

"조금만 더 참으면 더 좋은 자리 나오니깐 그때 내가
밀어줄게~."

나는 그날 집에 가서 엉엉 울었다.

내가 너무 꿈꿔 왔던 자리였고 그 자리에 가기 위해서
남들이 없는 자격증까지 준비하면서 발령을 목표로 열
심히 일했었다.

좋은 평가를 받기 위해서 남들보다 일찍 출근하고 늦게
퇴근했고 동료들에게 정말 잘했다.

모두가 그 자리는 내가 가야 하는 곳이라고 했는데 한
순간에 나의 목표가 사라져 버렸다. 나의 노력을 엄마
와 오빠는 알고 있었기에 선배의 만행을 듣고 당장 일
을 그만두라고 성화였지만 나는 선배를 믿었었다.

6개월이 훌쩍 지났지만 여전히 선배를 믿고 직장에 다
니고 있었고 그러던 중 지금 만나고 있는 남자친구를
만났다.

노력만큼 풀리는 게 없는 직장생활에 지쳐가던 중 그는
내가 지키고 싶은 사람이었고 꼭 성공해서 그가 마음
편하게 운동만 할 수 있게 도와주고 싶었다.

그러던 어느 날 일하는 중에 다른 선배가 나에게 조심
스럽게 말을 건넸다.

"은미야 내가 너 오래 지켜봤는데 말해 줘야 될 것 같
아서 다른 얘기는 길게 안 할게.
그 선배가 너 일 못한다고 욕하고 다녀.
여태 다 본인이 서포트해 줘서 그런 거라고 하네.
그리고 그 선배도 다른 곳으로 발령 난대.
너한테 말 안 했을 것 같아서 내가 답답해서 말한다.
너도 알고 있어……."

그 말을 듣고 아무 생각도 안 들었다 충격에 휩싸여서
멍하게 있는데 그 선배가 오더니

"야~ 너 남자친구 트레이너라고?? 그거 정말 바람 잘
나는 직업이라던데??"

"네? 트레이너가 아니고 주짓수 선수예요."

"그래도? 회원들 관리하고 그러겠지~~~~~."

"……뭐 그러겠죠. 수업도 한다니깐……."

"너 지금은 좋지만 나중에 너보다 젊은 여자랑 바람난다??"

난, 그 순간 선배에 대한 콩깍지가 벗겨지고 충성심은 산산조각이 나버렸다.
그날 집에서 가서 엄마에게 퇴사하겠다고 말씀드렸고 당장 다음 날부터 직장에 나가지 않았다.
오랜 시간 개같이 일한 내가 바보 같다는 생각에 누구에게도 인수인계하지 않았고 떠나 버렸다.
물론 컴퓨터에 잘 정리된 폴더를 다른 선배에게 전달했고 이후 직장 누구에게도 연락하지 않았다.
이 일을 겪고 누군가를 도와주는 일이 겁이 나고 또 이용만 당하는 게 아닐까 두려웠지만 나의 도움에 고마워하고 필요로 하는 사람이 있어서 도움이 되는 사람으로 사는 게 좋다.

사랑하는 사람들이 어려워하는 일을 도와주고 그 과정
을 함께 도와 좋은 결과를 만드는 일이 좋다.

세상에 그 선배처럼 나를 이용한 사람도 있었지만 지금
의 남자친구처럼 나를 필요로 하는 사람도 있으니깐 부
정적인 기억 때문에 행복할 시간을 포기할 수 없다.

누군가에게 도움이 되고 함께 살아가는 삶에 쓸모있는
사람이라는 게 좋다.

그래서 나는 오늘도 조력자로 산다.

앞으로 더 살아갈 나

나는 나의 지난 과거의 일들과 가족들의 이야기 그리고
만남을 이어가고 있는 그의 이야기까지 글로 꼭 적어
보고 싶었었다.

이렇게 적을까 저렇게 적을까 노트에도 써봤었고, 컴퓨
터 메모장에도 써봤었다.

긴긴 이야기를 쓰고도 다시 열어서 읽는 시간까지 꽤

오래 걸렸었다. 다시 읽기 힘들었던 이유는 내가 쓴 글에 슬픔을 감추는 나의 거짓 고백들로 가득했기 때문이다. 그렇게 수많은 글쓰기가 실패였다.

너무 화려했거나 너무 간단했다. 또 너무 불쌍했거나 너무 엉망이었다.

하고 싶은 이야기가 너무 많았지만 어떤 말부터 시작할지 몰라서 답답한 마음에 술을 잔뜩 먹고 글을 쓴 적이 있었는데 다음 날 읽어보니 무슨 소리 하는 건지 이해가 되지 않았다.

하고 싶은 말이 얼마나 많고 마음이 얼마나 급했으면 완성도 되지 않는 단어들이 어수선하게 채워져 있을까? 싶었다.

그래서 그날 이후로 보이는 글쓰기를 그만두고 머릿속으로 한 줄 한 줄 써 내려갔고 그렇게 5년이 지났다.

5년이라는 시간이 흐르는 동안 가끔씩 한 줄 두 줄의 짧은 글을 쓰면서 표현 쓰기를 연습해 보았고 한 페이

지를 채워 낸 글을 일주일, 반년, 일 년이라는 시간이
흐를 때마다 읽어 보며 억지스러운 부분은 없는지 계속
읽어 보았다.

그렇게 연습하다 보니 내가 쓰고 싶은 이야기의 첫 장
을 완성할 수 있었고 최대한 복잡한 감정에서 벗어나
그동안 생각한 글을 써 내려갔다.

내 글쓰기 연습으로 만들어진 첫 장이 책을 시작하는
'나는 당신이 그리워서 글을 씁니다.' 이다.

처량함을 버리고 눈물을 글 속에 녹여 넣지 않기 위해
울면서 썼다.

울음을 참으면 글 속에 슬픔이 느껴질 것 같아서 울고
쓰고, 지우면서 울고 그렇게 하루를 보내니 다음 날에
는 슬프지 않았다.

실컷 울고 첫 장을 후련하게 적고 난 다음에서야 한 장
한 장 묵묵하게 쓸 수 있었고 어수선한 내 마음을 정리
할 수 있었다.

앞으로 더 살아갈 나

드디어 길모퉁이에서 시작한 내 생각을 글을 쓰게 됐다.

내 생각을 쓰다 보니 내가 누군지 써야 하나? 라는 생각에 잠기기도 했고 글을 쓰는 내가 누군지에 대해서 생각하다 보니 글에는 남자와 여자가 없고 어른과 아이가 없다는 걸 알았다. 글에는 성별이 없다.

글을 쓸 때 주인공이 여자인지 남자인지 아이인지 어른인지 나이를 공개하지 않으면 주인공을 알 수 없다.
그래서 글에는 모든 걸 담을 수 있지만 담지 않을 수도 있는 걸 느꼈다.
글에 담을 수 있을 걸 생각하다 보니 감정을 담는 것도 정말 중요했다.
사람들이 내 글을 읽으면 마음으로도 느껴지는 글이 되길 바랐다. 그런 글을 쓰려고 하니 너무 슬프지 않으려 했고 반대로 너무 희망 가득하게 쓰지 않으려고 했다.

짧으면 짧은 내 인생의 경험이 누구에게는 감동적인 사

건들일 수도 있겠지만, 누구에게는 시시한 사건들일 수
도 있다고 생각했다.

남들이 보는 내 인생이 너무 슬프거나 너무 밝게 느껴
지는 것도 싫었다, 그저 참 솔직하게 잘 적었다고 느껴
지길 원했고, 쉽게 표현하려고 노력했다.

그런 책이 되어야 읽는 사람은 한 권을 묵묵히 읽을 수
있고 한 편의 이야깃거리가 될 수 있을 거라고 생각했다.
술술 읽히는 글이 되어서 정말 술자리 안줏거리처럼 너
라면 어떻게 했을 거냐~ 하며 대화를 이어 나갈 이야깃
거리가 되고 내 글을 읽은 사람들이 소소한 재미와 행
복함을 느끼기도 했으면 좋겠고, 조금은 아슬아슬하지
만 어려움을 이겨 낸 내 모습에서 비슷한 모습이 있다
면 나를 공감해 주고 나의 사건에서 위로를 받는 모습
을 생각하며 글을 썼다.

내 생각처럼 이루어지지 않아도 괜찮다.

앞으로 더 살아갈 나

지금 이 마지막 장을 다른 사람이 봐주고 있다는 상상
만으로도 큰 용기를 얻는다.

아주 잘 살아왔다고 자신할 수 없지만 소소하고 행복하
게 지내왔고 조금은 아슬아슬하게 어려움을 이겨 낸 나
자신을 믿는다.

어떤 일들이 펼쳐질지 모르겠지만 그 속에서 또 깨달아
가면서 오늘 이후를 묵묵하게 살아갈 것이다.

길모퉁이에서 묵묵하게

길모퉁이
에서

묵묵하게

초판 1쇄 발행 2023. 5. 8.

지은이 박은미
펴낸이 김병호
펴낸곳 주식회사 바른북스

편집진행 김주영
디자인 양헌경

등록 2019년 4월 3일 제2019-000040호
주소 서울시 성동구 연무장5길 9-16, 301호 (성수동2가, 블루스톤타워)
대표전화 070-7857-9719 | **경영지원** 02-3409-9719 | **팩스** 070-7610-9820

•바른북스는 여러분의 다양한 아이디어와 원고 투고를 설레는 마음으로 기다리고 있습니다.

이메일 barunbooks21@naver.com | **원고투고** barunbooks21@naver.com
홈페이지 www.barunbooks.com | **공식 블로그** blog.naver.com/barunbooks7
공식 포스트 post.naver.com/barunbooks7 | **페이스북** facebook.com/barunbooks7

ⓒ 박은미, 2023
ISBN 979-11-92942-88-9 03810